NUM PEQUENO PLANETA

Luis Díaz

NUM PEQUENO PLANETA

Conforme a nova ortografia
São Paulo
2012

Formato

Dados Internacionais de Catalogação na Publicação (CIP)
(Câmara Brasileira do Livro, SP, Brasil)

Díaz, Luis

Num pequeno planeta / Luis Díaz ; ilustrações do autor. -- São Paulo : Formato Editorial, 2012.

ISBN 978-85-7208-812-1
ISBN 978-85-7208-813-8 (professor)

1. Ficção - Literatura juvenil I. Título.

12-06934 CDD-028.5

Índice para catálogo sistemático:
1. Ficção : Literatura juvenil   028.5

Copyright © Luis Díaz, 2012 Ilustração © Luis Díaz, 2012
Gerente editorial *Rogério Carlos Gastaldo de Oliveira*
Editora-assistente *Erika Alonso*
Preparação de texto *Rodrigo Gurgel*
Auxiliar de serviços editoriais *Flávia Zambon*
Estagiária *Gabriela Damico Zarantonello*
Projeto gráfico e Editoração *Marcello Araújo*
Revisão *Pedro Cunha Jr.* e *Lilian Semenichin* (coords.)
Luciana Azevedo e *Tatiana Malheiros*
Produtor gráfico *Rogério Strelciuc*

Direitos reservados à SARAIVA S.A. Livreiros Editores
Rua Henrique Schaumann, 270 – Pinheiros
05413-010 – São Paulo – SP
PABX: (0XX11) 3613-3000
Fax Vendas: (0XX11) 3611-3268
www.editorasaraiva.com.br

Proibida a reprodução total ou parcial desta obra sem o consentimento por escrito da editora.

1ª edição
1ª tiragem, 2012

Visite nosso *site*: www.formatoeditorial.com.br
Atendimento ao professor: 0800 011 7875
falecom@formatoeditorial.com.br

Impressão e acabamento: Yangraf Gráfica e Editora

Sumário

1. Solidão, 7
2. Companhia, 9
3. Multidão, 12
4. Tipos na multidão, 15
5. Acaba um ciclo..., 19
6. ... E começa outro, 21
7. Mudanças, 24
8. O trunfo do dedo torto, 26
9. Grandes novidades, 29
10. Mais mudanças, 31
11. Organização social, 35
12. Crenças, 37
13. Dando um tempo, 41
14. Intolerância, segurança, 45
15. Alface para saladas, 48
16. Negócios, negócios..., 53
17. As mudanças continuam, 55
18. Surge o riso, 59
19. A história, 61
20. A mãe e a tia, 63
21. De volta à floresta, 67
22. E agora?, 70
23. Voltando à floresta, 73
24. Máxima manda, 75
25. Surpresas noturnas, 78
26. Desastre, 81
27. O desastre se completa, 84

Saiba Mais, 86

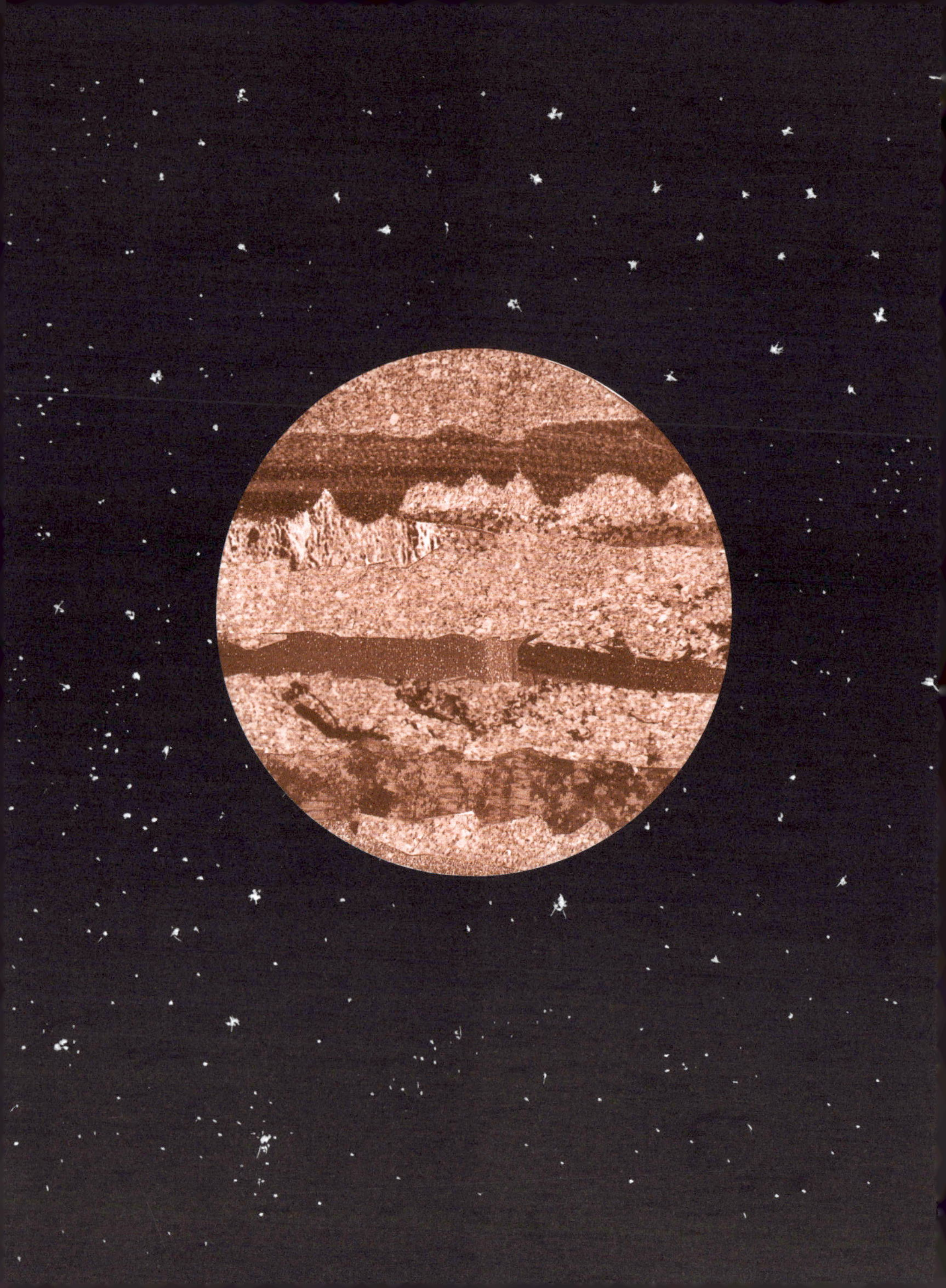

I
Solidão

Havia uma vez um pequeno Planeta que orbitava em torno de uma estrela chamada Tar.

Ele ainda se lembrava dos seus tempos de liberdade, quando andava solto pelos céus imensos, até cair no campo gravitacional de Tar. Chegara quente e envolto em gases. Agora, com a rotina de dar voltas e mais voltas, esfriava.

Na sua superfície, os gases quentes também haviam esfriado e o Planeta cobrira-se de água e sobre a água brincava um ar puro maravilhoso. No ar brincavam nuvens e o vento jogava com elas. Com o passar do tempo, um pouco daquela água secou e pedaços de solo apareceram.

Agora era solo e mar.
Sobre o mar e o solo, choveu...
Não, não cresceu nada.
No Planeta não havia vida.

Passaram dias, noites, anos, séculos.
Chovia e ventava, ventava e chovia.
O vento se divertia fazendo esculturas nas rochas e a chuva rolava a areia para o mar.

E estas eram as únicas diferenças que se podiam notar na superfície do Planeta.

Ele ia envelhecendo e as coisas sempre iguais: noite e dia, vento e água, água e vento, noite e dia e rola areia para o fundo do mar.

O mar... Lá aconteciam coisas!

Da areia, dos gases, de onde fosse, **moléculas*** se batiam, se juntavam e voltavam a separar-se.

E o mar sempre mexendo, sempre chacoalhando, daquele jeito dele, de subir e descer, ir e voltar.

E nessa mexeção toda, um dia juntou-se um sei-lá-o-quê com um não-sei-o-quê e mais outras coisas que ninguém sabe, mas tem muita gente que especula, e lá estava *algo* que tinha... fome!

— Tinha fome?

— Tinha.

Pois se tinha fome também tinha outra coisa: vida.

Vida!

---

* Confira as palavras destacadas no texto na seção Saiba Mais no final do livro.

2
Companhia

No Planeta tinha surgido a vida.

Não consta que ele notasse a diferença.

Quem poderia imaginar o quanto aquela *coisinha*, perdida no meio do mar imenso, ia alterar, modificar, perturbar, dividir, somar e multiplicar!

No momento, Coisinha estava preocupada — e muito! — em alimentar-se. Alimento é energia que entra pela boca. Mas tem que ter boca e boca Coisinha não tinha. Mas era muito viva, e queria seguir assim.

Fez duas coisas. A primeira foi inventar um jeito de comer sem boca. Desenvolveu, lá do jeito dela, uma forma de pegar energia onde havia: na luz da estrela Tar que iluminava o Planeta, como o Sol ilumina a Terra.

E lá ficou Coisinha, comendo raios de estrela. Deu-se bem com a comida e cresceu.

A segunda coisa que Coisinha fez foi anotar tudo: como tinham se juntado o sei-lá-o-quê com o não-sei-o-quê, como tinha descoberto o jeito de comer e muitas outras coisas que não queria esquecer. Muitos e muitos séculos depois, sábios chamaram de **fotossíntese** o jeito de Coisinha comer. E as anotações chamaram com nome importante e difícil: *DNA*.

DNA quer dizer ácido desoxirribonucleico, palavrão medonho para nomear os escritos de Coisinha.

E tem mais. Os mesmos sábios decidiram que, tendo Coisinha arrumado jeito de comer por fotossíntese, era um vegetal.

Isso mesmo, vegetal.

Mas Coisinha era tão coisinha, tão pequenininha, que nem dava para ver — sendo os vegetais geralmente grandes, verdes e muito visíveis —, que os sábios deram-lhe outro nome: *bactéria*.

E o mar continuou batendo e a estrela iluminando e havia raios e coriscos, mil coisas.

Nessa confusão toda, Coisinha — de agora em diante vamos chamá-la pelo nome de família: bactéria — ficou com medo de morrer.

Morrer e acabar.

Ninguém, nunca mais, ia saber que a bactéria existia e se alimentava de luz. Que tinha anotado tudo direitinho. Por isso ela copiou todas as anotações e fez uma caixinha para guardá-las.

— É meu diário — pensou. Os cientistas chamaram o diário de **cromossomo**, vejam só. Fez uma cópia da caixinha, enrolou-a num pedacinho de seu próprio corpo e soltou o embrulhinho no mar.

E assim a bactéria se reproduziu.

O embrulhinho foi seu primeiro filho. A bactéria fez mais embrulhinhos, muitos, muitos. E um dia morreu. Assim como não percebera o nascimento da bactéria quando era Coisinha, o Planeta não percebeu que ela morrera.

E assim passou, sem penas nem glórias, o fato mais incrível de todos os que se sucederam e sucederiam na superfície do Planeta.

No mar existiam, agora, milhões de bacterinhas.

E elas se reproduziram e o mar estava cheio de bactérias e bacterinhas; e cada vez havia mais, porque ninguém comia bactérias nem bacterinhas.

Mesmo porque não tinha mais ninguém no Planeta. O mar não machucava as bactérias e a estrela Tar estava lá, fornecendo energia. E de graça. Vida boa!

E passaram anos. Centenas, milhares, milhões de anos. Nesse tempo todo, algumas bactérias, na hora de copiar as informações do antigo diário da primeira delas, cometiam erros, esqueciam coisas, inventavam outras. E assim foi indo, foi indo...

3
Multidão

Tantos foram, durante séculos, o número de erros e acréscimos no "diário" original que novas formas de vida foram surgindo. Umas — totalmente erradas — desapareciam logo; outras eram o maior sucesso, cresciam, tornavam-se cada vez maiores, mudavam de forma. Já era possível vê-las a olho nu. Só que ainda não havia olhos, nem nus nem vestidos.

Tanto mudou, complicou, alterou, multiplicou, andou e desandou que um dia tinha na água seres que já não eram bactérias, não eram vegetais.

Tinham surgido seres animais. *Bichinhos*, poderíamos dizer.

Eles não se alimentavam da energia taral (como já foi dito, na Terra seria solar, no Planeta era taral). Descobriam um petisco, se enrolavam em volta dele e o digeriam!

Repetindo a história da primeira bactéria, reproduziram-se, cresceram, morreram. Os filhotes cresceram, multiplicaram-se, morreram; e sempre tinha mais e mais.

O que já não tinha tanto eram bactérias. É que os bichinhos adoravam uma saladinha!

O Planeta tinha agora três reinos, igual à Terra. O reino mineral — que era seu próprio corpo —, o reino vegetal e o reino animal. Só não tinha nome porque nome é coisa de gente e lá não tinha gente.

Ainda.

E rolaram mais séculos e milênios — e o Planeta viu aparecer e desaparecer espécies, subespécies, agrupamentos etc. Muitos etc.

Para nós, humanos, que raramente vivemos mais de cem anos, esse rolar de séculos e correr de milênios soa assim meio como conversa fiada. Mas o Planeta realmente não estava e nem está — será que ainda existe? — muito preocupado com gente ou séculos.

Dá vontade de descobrir como é o calendário do Universo e dar uma olhada no seu relógio... e na fita métrica que usa para mandar fazer sua roupa, não dá? Mas isso é puro devaneio e a nossa história é a do Planeta.

As primeiras *coisas* — já não eram coisinhas — que saíram do mar eram grandes e cascudas. Muitas desapareceram, outras ficaram; e, com a velha mania de errar e inventar nas caixinhas de DNA, foram mudando.

Umas voavam, outras rastejavam. Havia as que nadavam, as que corriam e as que pulavam. As coloridas e as descoradas. As orelhudas, as surdas, as olhudas, as cegas, as que tinham muitos pés e as que não tinham pé nenhum. Tinha bicho com pelo e tinha com pena, tinha com ossos e sem.

Alguns comiam vegetais, eram os vegetarianos. Outros comiam os vegetarianos.

E o velho ciclo — nascimento, reprodução e morte — continuava na dele. Esse ciclo é outro que usa o calendário do Universo: nascei, crescei, multiplicai e sai da frente que atrás vem gente. Séculos e séculos e não estão nem ai... A velha rotina das naturezas, que engolem bichos e plantas. Uns virando adubo, outros petróleo. E está dito no plural "as naturezas" porque são as duas, a da Terra e a do Planeta, muito parecidas.

4
Tipos na multidão

Um exemplo característico das mudanças que aconteciam ficou conhecido como A Catástrofe dos Grandes Roedores.

Do mesmo jeito que aconteceu na Terra com os dinossauros, no Planeta foram descobertas peças **fósseis** de dois grandes grupos de animais e pelo menos uma espécie vegetal, todos gigantescos.

Ninguém sabe ao certo o que foi que aconteceu, mas a história é a seguinte:

Num período — bastante **recuado** no tempo — surgiu um roedor chamado *coelhonte*. Possuía algumas características do coelho que conhecemos na Terra, mas dois metros e meio de comprimento e carapaça, como a da tartaruga. Esses animais alimentavam-se exclusivamente de um pequeno arbusto cujos frutos, os *zenourotes*, eram parecidos com a cenoura[1].

Pois bem, fortes chuvas, durante um período relativamente longo, provocaram a morte de milhares de pequenos

---
[1] Fica assim demonstrado claramente que os processos biológicos são similares em todo lugar, e que as naturezas se repetem.

animais que não sabiam nadar e um surto de *meganhocas*, uma espécie de minhoca gigante, do tamanho de uma cobra, hoje já extinta.

Com bastante água, muito **húmus** e as meganhocas fertilizando o solo, os zenourotes cresceram de forma despropositada: os frutos que anteriormente estavam à altura da boca dos coelhontes ficaram altos e estes se viram obrigados a ficar em pé para alimentar-se.

A nova posição acabou por tornar descômoda a carapaça. Com o tempo, os coelhontes foram perdendo essa proteção, ficando só com a parte de cima e bastante reduzida. O aspecto desses animais era parecido com o de um cavalo com sua sela, mas com orelhas, dentes e rabo de coelho. Corriam pulando e ficavam em pé para comer. (Veja ilustração.)

Nessa mesma época viviam pequenos **felinos** — chamados *lios* — do tamanho de um rato, que se alimentavam de pequenos animaizinhos: vermezinhos, besourinhos, baratinhas e outras porqueirazinhas do estilo.

Esses lios descobriram as meganhocas e passaram a comer uma farta dieta delas, que eram alta fonte de **proteína**.

Foi assim que ficaram fortes, cresceram e, com aquela história dos séculos e os erros de DNA que já conhecemos, acabaram se tornando grandes, ferozes, agressivos, unhentos e dentucentos e perceberam — com o passar do tempo — que a carne de coelhonte era bem melhor que a da meganhoca.

E os lios comiam coelhontes que comiam zenourotes e todos cresciam e engordavam. Os coelhontes mediam cinco

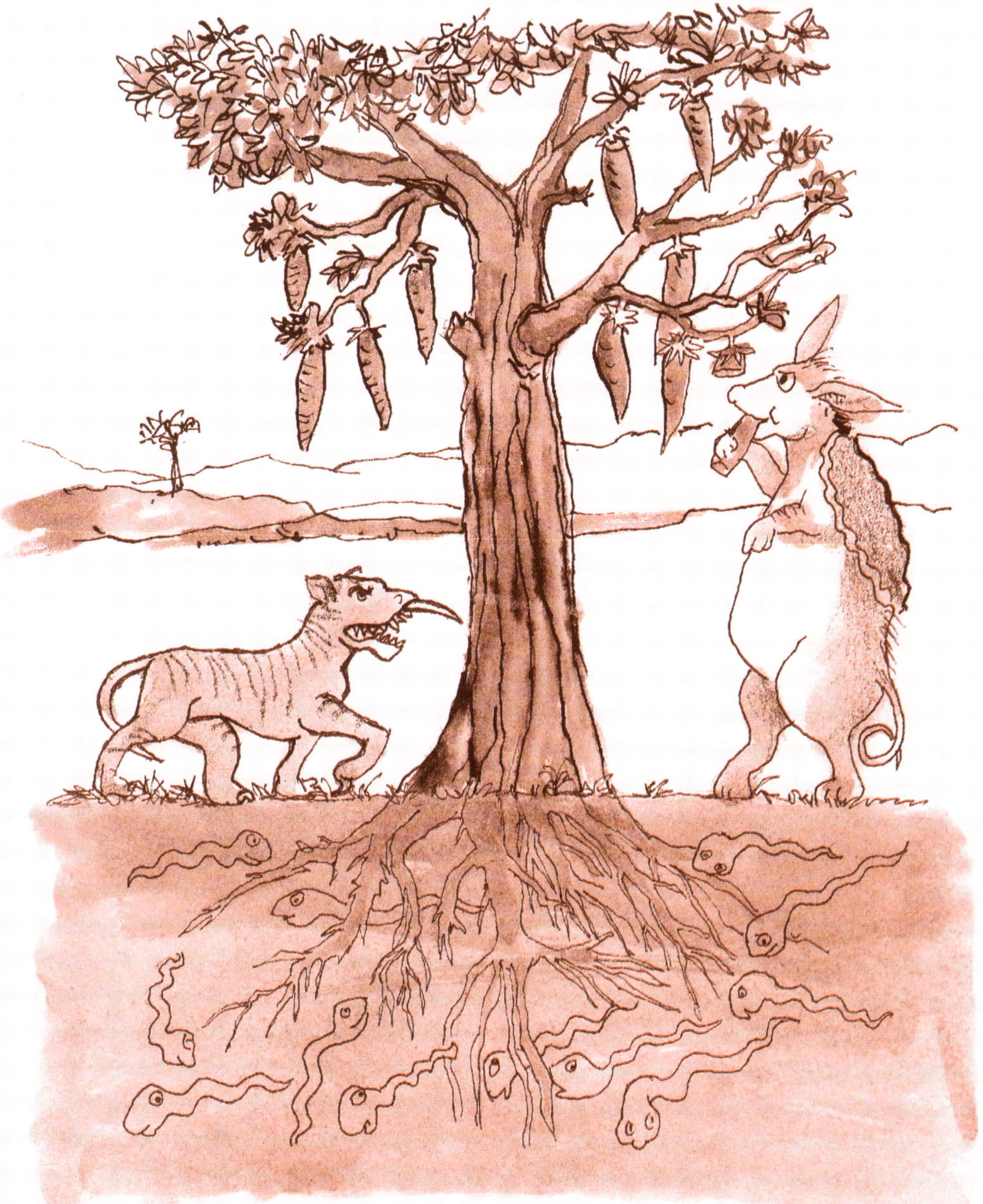

metros de altura e possuíam umas barrigas branquinhas, peludinhas e molinhas.

Os lios estavam com 96 dentes, assim distribuídos: 46 embaixo e 50 em cima. Destes, dois incisivos de cada lado estavam fundidos num só e bastante crescidos, como vemos na ilustração da página anterior que nos foi oferecida, muito gentilmente, pela Faculdade de Paleodontozoologia, obrigando os lios a andar de cabeça levantada numa posição engraçada, para não ferir suas próprias patas dianteiras.

Em compensação, tinham uma unha só em cada pata. A natureza compensa e equilibra, como podemos perceber.

Os lios não se importavam com o fato de ter uma unha só. Eles viam vantagem em não ter que aparar vinte unhas, mas apenas uma. Por outro lado, era simples e funcional chegar perto dos coelhontes e, inclinando a cabeça num gracioso gesto acompanhado de gentil saudação — Bom dia, coelhonte! —, abrir-lhes a barriga de alto a baixo, como se tivesse um zíper, e fazer uma bela refeição.

Mas...

5
Acaba um ciclo...

Um belo dia, certo piolho, **parasita** da meganhoca, por aquelas coisas que já falamos (séculos e mudanças), decidiu não mais parasitar as meganhocas e passou a parasitar os zenourotes. Os tais parasitas eram meio bicho meio planta; e quando deixaram de parasitar as meganhocas, saíram à luz de Tar, que os fez se reproduzir fantasticamente. E sem inimigos naturais, por enquanto.

Muitos, fortes, reproduzindo-se adoidados e sem ninguém para atrapalhar, os piolhinhos foram sucesso total.

Em pouco tempo acabaram com a maioria dos zenourotes e os que ficaram reduziram seu tamanho até se transformarem numa espécie de **líquen** mixuruquinho. Tendo acabado os zenourotes, os coelhontes desapareceram e os lios, por consequência, sumiram do mapa. Só nas camadas internas do solo restaram os corpos fósseis, como mudas testemunhas do terrível desastre.

Mas os arqueólogos os fizeram falar.

Atualmente parece que são levadas a cabo experiências com fósseis dos piolhos. Tenta-se reproduzir, por clonagem, os zenoureiros. Mas pessoas bem informadas afirmam que nenhum cientista do Planeta seria capaz de pensar numa besteira dessas. De qualquer forma, damos a informação como nos foi dada.

6
... E começa outro

Chegamos, finalmente, à época dos grandes macacos, cujo nome científico é *macrossímios*. Os estudiosos do Planeta veem-se em grandes dificuldades para determinar datas precisas do seu aparecimento, devido ao fato de não se acharem jornais da época. Isso por duas razões:
1. O papel de jornal não se conserva na natureza, sendo facilmente destruído pelos fenômenos meteorológicos mais corriqueiros (chuva, vento, terremotos etc.).
2. Não existiam nem jornais, nem papel, nem gente na época referida.

Pela exiguidade do material existente, os cientistas são levados a interpretações menos felizes.

Dois exemplos ilustram amplamente essa situação.

Foi recentemente descoberta, numa região remota do Planeta, uma peça descrita como a calota craniana de um símio superior, o que causou grande polêmica, por concordarem todos os cientistas que não existiam símios na referida época. Os debates foram intensos até que, recentemente, novos estudos, com técnicas aprimoradas, definiram a peça como a carapaça de uma tartaruga pisoteada por um *mahmoo* (espécie de elefante).

O outro exemplo não menos elucidativo partiu da descoberta no Planeta de um sítio com abundantes restos de animais parecidos com vacas, chamados *muus*. O fato surpreendente é que, no meio desses muus, achou-se o corpo carbonizado de um lio, remanescente do sumiço dos coelhontes, o que levou a amplas e variadas **hipóteses**.

A primeira, mas não por isso a melhor, afirmava que os lios teriam virado vegetarianos, tratando-se de um caso de adaptação muito rápida para os padrões normais da evolução.

Finalmente prevaleceu o bom senso e chegou-se à conclusão de que era um lio à espreita de muus, na tentativa de se alimentar — quem não tem coelhonte, caça muus —, e teria sido surpreendido por um violento raio. Justifica-se essa hipótese, visto acharem-se todos os esqueletos de muus com a traseira na mesma direção, como costumam ficar esses animais durante as tempestades.

Como podemos ver, as dificuldades para se chegar a conclusões mais firmes são muitas.

Porém, com afinco e dedicação conseguiram-se resultados bastante satisfatórios, relatados a seguir.

A época dos macrossímios parece ter sido especialmente devastadora para o Planeta. A expressão usada — macrossímios — é apropriada.

Tratava-se de macacos de 75 metros de altura, com peso e envergadura proporcionais.

Muito férteis, cada macaca podia ter de dez a quinze filhotes por ninhada e eram comuns duas ninhadas por ano. Não tinham inimigos naturais. Eram **onívoros**, o que facilitava a ausência de inimigos.

Eles os comiam.

Multiplicando-se com rapidez e eficiência, logo tomaram conta do Planeta e de tudo que era comestível, até quase não ficar o que comer.

Não demorou muito para se comerem uns aos outros. Foram ficando cada vez menores e adaptavam-se com dificuldade à nova vida no Planeta sem alimentos. Foi a primeira crise de alimentos no Pequeno Planeta.

Seus descendentes, os *microssímios*, tinham trinta centímetros de altura e cara de fome.

7
Mudanças

Mas a natureza se refazia. Com os macrossímios desaparecidos, rebrotava a grama; e algumas espécies de animais, que sobreviveram escondidas em cavernas, voltaram à luz de Tar.

Esse bisneto dos macrossímios, que chamamos de micnossímio, era pequeno, porém sabido. Desenvolveu habilidades. Como era pequeno e fraco, aprendeu a jogar pedras.

Novamente os séculos e as embrulhadas com os embrulhinhos.

Encontramos agora o micnossímio um pouco maior. Está com um metro, metro e cinquenta, dependendo das regiões.

Não tem mais cara de fome.

Tem cara de capeta.

E espírito de porco.

Enquanto o macrossímio era comilão, boa praça, tranquilo, alegre e brincalhão, seu bisneto, o micnossímio, é briguento, gritão, ranzinza, rabugento e ranheta.

Uma peste.

Anda em quatro patas, bajula os mais fortes — aos que

teme — e maltrata os mais fracos[2] — aos que despreza. As fêmeas não têm regalias com ele, ao contrário: são obrigadas a procurar os melhores petiscos e trazê-los para os machos. Ainda apanham se a comida não for suficiente ou não agradar. Uma vez satisfeita a fome, os machos deitam a dormir enquanto as fêmeas vigiam.

À tardinha, sessão cata-piolho. As fêmeas são obrigadas a fazer a higiene dos machos. E se, por acaso, uma unha mais desajeitada beliscar a grossa pele do micro, começam os gritos, as pancadas, o escândalo e a briga até a hora de dormir.

Como são muito medrosos e as plantas não mordem, se alimentam de frutas, folhas e algum bicho pequeno que as fêmeas consigam pegar.

Ficam bem longe dos grandes *gatunhos*, animais ferozes que costumam viver na savana, perto deles.

Com o tempo, os micros vão ocupando os lugares mais altos, o mato fechado da montanha, aonde os gatunhos não chegam.

Mais milênios e mais DNA modificado.

---

2 *Bullying*, você já sabe. Não sabia?

8
O trunfo do dedo torto

Numa época difícil de determinar, surge, entre os micros, um grupo portador de grave anomalia: um polegar torto, nas patas dianteiras, que mexe ao contrário dos outros dedos!

Os micros usavam as patas para andar. Eram **quadrúpedes**.

O grupo do polegar torto tinha dificuldade em apoiar as patas dianteiras, por isso evitava pô-las no chão. No começo era difícil, causava dores nas costas e gozações dos outros micros. O grupo dos *tumbtuístes*, como eram chamados os de polegar torto, acabou se afastando. Não eram melhores que os outros, apenas começavam a curtir uma onda diferente.

Qual seria essa onda, os colegas gozadores vieram a descobrir, com graves consequências.

Tinha virado farra entre os jovens micros "arrepelar no bando dos tumbtuístes".

Arrepelar para eles era ir, à noite, jogar pedras, bagunçar, mexer com as fêmeas e, se desse, roubar comida aproveitando que os outros dormiam.

Numa noite em que o pessoal decidiu aprontar mais uma vez, encontraram os tumbtuístes acordados e, coisa muito estranha, eles tinham as patas dianteiras muito longas! E andavam apoiando-se só nas patas de trás!

Os micros não tardaram a perceber que as patas longas eram grossos galhos, segurados firmemente com suas patas dianteiras, servindo-se do famoso polegar torto! E que os galhos subiam e desciam na direção das suas cabeças.

Galhos fazem galos, foi a dolorosa descoberta dessa noite de arrepelo, por sinal a última.

E a primeira em que um animal usou armas no Pequeno Planeta!

Era o triunfo do polegar em oposição aos outros dedos, pequena alteração genética para os micros, grande salto para os planetoides.

Alguém já falou algo parecido, pois não?

Agora o Planeta tem seus planetoides. O começo dos seres que um dia viriam a pôr nome nele e em tantas outras coisas. Que iriam descobrir o uso do fogo, inventar a roda, o machado, a lança, o arco e a flecha etc. E ocupar cada canto do Planeta.

Por enquanto, os tumbtuístes ganharam o respeito medroso e dolorido dos outros micros e passaram a usá-los nas tarefas chatas do dia a dia: pegar comida, catar piolhos, fazer a vigilância noturna e os mil pequenos serviços que tornam a vida chata e que um tumbtuíste evoluído não gosta de fazer. Logo, logo, outros animais conheceram a novidade nas próprias cabeças e lombos; e aprenderam a deixar os tumbtuístes em paz e sossego.

Em paz e sossego, servidos nas suas necessidades básicas pelos micros, os tumbtuístes foram fazendo descobertas.

Um exemplo: durante uma tempestade, um raio caiu perto de uma *kokorik*, espécie de ave muito apreciada pelos tumbtuístes. Atingiu-a de raspão e lá ficou a kokorik fumegando, ao ponto.

Não se sabe qual foi o primeiro tumbtuíste que pegou nela e tacou-lhe o dente.

Mas a grande quantidade de ossos de kokorik assada encontrados nos sítios **arqueológicos** atestam a fantástica acolhida que a nova descoberta teve.

Também descendentes das antigas muus foram passadas a fogo. Na realidade, mal passadas, bem passadas e ao ponto.

Outro evento tampouco registrado (ninguém estava interessado em registrar nada enquanto houvesse kokorikes e muus para comer) foi a primeira utilização das muus como fornecedoras de leite.

Sabe-se, pelos sítios arqueológicos, que o leite talhava, apodrecia e pegava fungos, mas, mesmo assim, eles consumiam o produto, apesar do forte cheiro que exalava. Quase animais ainda, não é de surpreender que os tumbtuístes — os primeiros planetoides — fossem pouco sofisticados em matéria de alimentação.

9
Grandes novidades

Com o tempo, e devido ao medo que os micros tinham do fogo, que agora era indispensável aos tumbtuístes, estes deixaram de servir-se dos antigos escravos, que foram escorraçados para longe.

Os tumbtuístes construíram ferramentas e algumas vivendas simples. Várias famílias moravam juntas.

Normas de comportamento foram adotadas. Uma delas foi a proibição de fêmeas participarem de caçadas. Os tumbtuístes caçavam principalmente muus. Os muus pesavam mil e duzentos quilos, corriam a boa velocidade e não tinham simpatia pelos tumbtuístes.

Se os tumbtuístes tinham "braços longos", os muus tinham chifres afiados. As fêmeas tumbtuístes eram, como pode ser visto em esculturas da época, roliças. Possuíam enormes seios balançantes, grandes bumbuns e estavam quase sempre grávidas.

Equipamento inadequado para caçar muus.

A primeira vez que um importante chefe tumbtuíste, fugindo em alta velocidade de um muu furioso, encontrou uma fêmea na sua frente, andando lentamente numa passagem estreita, sentiu na carne do fim das costas o efeito dos chifres. Como consequência, quatro fatos podem ser notados:

1. O chefe passou dois meses deitado de bruços.
2. As fêmeas foram obrigadas a abandonar os campos de caça com passagens estreitas.
3. Foi inventada a lança.
4. Os tumbtuístes passaram a se chamar sanacabs.

O primeiro fato não teve consequências sociais, fora umas gozações e o apelido de Bum, atribuído ao acidentado pelo fato de ter perdido a metade do bumbum.

O terceiro teve fortes ressonâncias e diversos ecos através da história do Pequeno Planeta.

Mas é o segundo que interessa, no momento, à nossa historinha.

10
Mais mudanças

Proibidas de participar das caçadas de muus, as fêmeas renunciaram a toda e qualquer atividade **venatória**. E a qualquer outra de interesse dos machos. Ficaram nos diversos locais de moradia — cavernas no inverno, casebres sobre as árvores no verão e algumas nas suas vivendas — batendo papo, observando a natureza, flanando e mergulhando nos rios com as crias. Às vezes, recolhiam frutas, sempre que estas não estivessem em posições muito altas. Os machos, felizes na sua macheza, traziam comida para elas, davam-lhes as melhores peles para se agasalharem e se achavam "bons demais" por isso.

As fêmeas os estimulavam, com sinais e muxoxos, a "fazer melhor a cada vez".

— O marido de fulana — comentava a companheira de sicrano — trouxe um muu inteiro para ela. Você traz só um pedaço e não muito fresco...

Na próxima caçada sicrano se arrebentava, ficava devendo favor, mas trazia um muu inteiro para a companheira.

Ela, com jeito de chateada, comentava:

— Realmente não tenho sorte. Sou obrigada a passar a

vida comendo muu, salgando muu... Diferente daquela lá que só come **cris-cris**. E lá ia o tumbtuíste pegar uma gripe para arrumar cris-cris.

O domínio das tumbtuístes sobre os companheiros foi ficando cada dia maior. Elas conheciam as plantas que saravam, as que serviam para dormir e as de se sentir corajoso na frente dos muus. Elas aumentaram o vocabulário e deram nome às coisas. Foram elas que chamaram os machos de sanacab e este ficou sendo o nome dos planetoides do Pequeno Planeta. Para mostrar sua "submissão e inferioridade" perante os machos, elas não admitiram serem chamadas de sanacab como eles. Humildemente se conformaram em receber esse nome ao contrário.

Como elas diziam:

— Vocês são fortes, nós, ao contrário, fracas; vocês corajosos, nós, ao contrário, medrosas; vocês inteligentes, nós, ao contrário, tolas. Vocês sanacabs, nós, ao contrário, *bacanas*. Está bem assim?

E os sanacabs, orgulhosos, concordaram modestamente, como compete aos grandes heróis.

Daí a convencê-los de que se ocupar das tarefas bobas de organização e administração dos bens não era digna deles, foi um passo.

E elas o deram sem grandes problemas.

Assim, durante muito tempo, a sociedade sanacab foi quase um **matriarcado**.

Quase, pois os sanacabs mandavam e desmandavam em tudo.

As bacanas mandavam neles.

E foi nesse tempo que o Pequeno Planeta recebeu seu nome.

Muitas discussões, podem crer. Muitas.

Finalmente decidiu-se, num congresso de todas as tribos, chamá-lo Bacsan.

Metade bacanas, metade sanacabs. Bonito, não? As bacanas na frente, por via das dúvidas.

Houve dissidências. Sanacabs que não gostavam de bacanas e bacanas que não gostavam de sanacabs protestaram e se uniram. Mas essa é outra história.

A vida continuava. Mais bacanas e sanacabs nasciam e cresciam. Mais kokorikes e muus foram comidos. Ficou sem graça. Só muus e kokorikes.

E esses bichos começaram a faltar e algumas tribos tinham pouco para comer.

Além do mais, cresceu a quantidade de tribos. Já eram suficientes para formar uma cidade e cada vez havia mais gente.

Ficou difícil achar comida, água, peles etc.

Quando acabavam os muus e os kokorikes, a turma se mandava e ia para outro lugar onde tivesse. E assim, muda para lá, volta para cá, vai para mais longe, os tumbtuístes acabaram por ocupar todo o Planetinha.

Com tantas mudanças, o aspecto dos sanacabs (de agora em diante vamos chamá-los assim, sejam sanacabs ou bacanas) mudou. Agora existiam diversas características. Todos eram da mesma etnia, entendam bem, mas os aspectos tinham mudado. Como aconteceram tais mudanças? Ninguém sabe muito bem. Fica para algum cientista muito sábio descobrir. Por enquanto, sabemos que havia diferenças.

11
Organização social

Logo depois da famosa "noite dos braços longos", em que os sanacabs dominaram seus "irmãos de polegar reto", começou a luta pela liderança. Os jovens tinham cortado os galhos e os tinham aparado. Eles queriam mandar.

Os velhos já mandavam e mantinham as tradições. Sabiam lutas rituais, conheciam os segredos da caça e da pesca. Mas os jovens eram muitos e decididos. Foi combinado que todas as noites os dois grupos, jovens e veteranos, se reuniriam, discutiriam e decidiriam o que era melhor para o grupo. A partir daí, as noites eram cheias de grunhidos, brigas, intrigas e safadezas praticadas, ora por um dos grupos, ora pelo outro.

Os sanacabs tinham criado a *política* e não sabiam.

Certas questões tornavam-se difíceis de discutir apenas com grunhidos e rosnados. Uma linguagem de palavras "políticas" foi surgindo: "nunca", "meu", "dá", "quero mais", "quero o meu", estas muito usadas pelos chamados *Representantes*. Essa linguagem mostrava a personalidade dos sanacabs. Aos poucos, outras palavras foram acrescentadas. Ainda não eram sujeito, verbo e predicado, mas chegariam lá.

E como surgiram os tais Representantes?

Pois como era chato todos se reunirem para discutir, alguns, mais folgados, se fizeram representar por outros para, como eles achavam, "Evitar essa chatice de discutir besteiras sem interesse toda noite!".

Quase todos aderiram à nova ideia. Daí para frente só se reuniam os Representantes.

Pronto. Estava inventado o primeiro governo...

Nem sempre os Representantes agiam de acordo com o pensamento dos representados, ocasiões nas quais os sanacabs os matavam e escolhiam outros.

Forma extremista e exagerada, mas muito prática, de tratar o assunto. Não devemos esquecer que ainda eram selvagens...

Chamavam isto: "melhorar a representação". De fato, os novos Representantes, escolhidos na marra, se esforçavam bastante em representar direitinho...

12
Crenças

Vamos começar pelo que a gente sabe.

O Sol é uma estrela. A Terra é um satélite do Sol. Mas nós também temos satélite: a Lua!

A Terra gira em torno de si mesma. Como ela gira, tem vezes que recebe a luz do Sol e fica iluminada. Outras, não recebe e fica escura. Dia e noite, vocês sabem.

Tem dias que cai água sobre a Terra: é a chuva. A chuva vem de nuvens que se formam com vapor de água. O vapor de água é o calor que produz, forma as nuvens e depois se condensa e volta a ser água. Quando tem uma condensação grande, se formam gotas. E se as gotas são suficientemente grandes e pesadas elas caem. Isso vocês já sabiam.

As nuvens podem ser clarinhas ou escurinhas. As escurinhas que vão ficando escuronas juntam eletricidade. Umas têm um tipo de eletricidade e outras têm uma eletricidade diferente. Quando essas duas eletricidades se encontram, o pau come. Resultado: relâmpagos, raios, trovões, barulhão desgraçado.

Quando a luz do Sol não bate na Terra, fica escuro, como já dissemos e vocês estão cansados de saber. É a noite.

Muito bem. Em algumas noites aparece uma coisa clarinha com a forma de uma unha cortada. Aí a unha vai crescendo, crescendo até se transformar numa bola bonita, grandona e muito poética. Todos os namorados falam alguma coisa sobre ela. Os poetas, alguns, também falam.

A terra da Terra é um lugar onde nascem coisas. Muitas coisas: há as boas e as não tão boas. E há as ruins. Até muito ruins há.

Nessa terra nascem árvores e as árvores crescem, crescem muito — e muitas. Formam a floresta, o bosque.

Isso tudo nós sabemos. Mas sabemos nos dias de hoje. Os dias em que a ciência explicou as coisas. Muitas coisas. Nem todas, claro, pois há muita coisa para explicar.

Mas, no passado, séculos atrás, ninguém sabia nada. E as coisas pareciam muito misteriosas. E muitas delas foram consideradas deuses.

O Sol era um deus, e a Lua, outro. A terra era muito deusa: dava comida, remédios, lugar para estar. E a água, claro.

Na América do Sul, diversas culturas consideram a terra uma deusa criadora de tudo que há no Universo. Até nossos dias ela é reverenciada com o nome de Pacha Mama.

Vocês sabem que, antigamente, aqui na Terra, também havia deuses. Só os gregos tinham doze principais e montes de secundários. E os gregos tinham sacerdotes para cuidar deles.

Bem, no Pequeno Planeta não foi diferente. Para eles, todas as coisas eram deuses: Tar, a água, o fogo, as árvores, a terra, tudo.

Mas quem tomava conta dos deuses em Bacsan?

Fácil. O que não faltava em Bacsan eram bruxos, magos, feiticeiros. Cada um tomava conta de um deus. Ou melhor: cada um inventava um deus.

Foi uma época muito criativa.

Um dos deuses era, para um grupo grande de sanacabs, a árvore da floresta. Todos a conheciam, pois era enorme e estava lá desde que existiam os sanacabs. Um dia, certo grupo de magos, chamados *Safarás*, começou o culto ao deus que habitava na Árvore. Segundo eles, esse deus tinha família dentro dele. Filhas, filhos, mães e avôs. Cada um deles tinha um culto próprio e os Safarás pediam doações para tratar do deus e sua família.

A coisa foi ficando difícil: o deus pedia mais e mais cerimônias e cultos, doações e trabalhos. Já estava ficando caro e o pessoal gastava muito, muito. Quem se recusasse a dar as contribuições pedidas era ameaçado de terríveis pragas, castigos e desgraças.

E, de fato, na noite seguinte um ou dois muus apareciam mortos.

— Castigo da Árvore Sagrada! — gritavam os Safarás. E o coitado que havia perdido os muus tinha que gastar uma nota preta em homenagem ao deus e pelo perdão.

A coisa estava ficando difícil.

Um dia a árvore amanheceu derrubada.

— Escândalo! Opróbrio[3]! A maldição vai destruir Bacsan! — berravam os Safarás.

---

3 Quem não souber o que é opróbrio, é favor ir ao dicionário.

A maldição não destruiu nada. Logo a Religião da Água criou um monumento a ela. Era uma espécie de taça enorme que recolhia a chuva e recebia as homenagens de outros Safarás, estes chamados Aquíferos.

Os Aquíferos também pediam donativos, mas levando em conta o acontecido com os Safarás, eram mais modestos. E o monumento à deusa Hagadoisó (era o nome da tal deusa) foi muito útil nos períodos de seca.

Mas... um dia veio uma grande seca... e a deusa morreu.

Foi só dessa vez que deuses morreram; e achamos que foi a única.

Lutas, brigas, discussões. Finalmente diversos grupos criaram seus novos deuses.

Tinha o do trovão, o do vento, o... enfim, muitos.

E todos pediam contribuições para as cerimônias de culto.

13
Dando um tempo

Vamos dar uma paradinha agora para observar a evolução dos sanacabs. A denominação genérica "sanacab" corresponde ao nosso costume terrestre de usar o termo "homem" para nos referir à humanidade, homens e mulheres.

Já estavam longe os tempos da separação de espécies, quando os símios de polegar torto, os tumbtuístes, ficaram de pé.

Vimos formar-se algo assim como um "matriarcado", com as bacanas mandando nos sanacabs, e como o vocabulário aumentou e certos hábitos foram adquiridos.

Os antigos micros tinham sido escorraçados a pauladas e se retirado às montanhas, mas os sanacabs mantiveram a antiga organização social dos micros: um macho escolhia uma fêmea, ou mais de uma, e se separava do grupo inicial. Ele constituía uma "família". Nessa família estavam compreendidas a mãe, as irmãs e alguns membros chamados "achegados": tias velhas, primas etc., formando um grande grupo, predominantemente feminino, em volta de um único sanacab. Logo eles perceberam que aquele arranjo lhes infernizava a vida e, em acordo com os companheiros de caçadas, sugeriram às bacanas juntar as famílias. Assim foi criada a tribo.

Atritos causados pelos motivos mais tolos dividiam essas tribos, que passaram a se odiar.

Durante esse "matriarcado" as coisas ficaram sérias. Eram comuns conversas como esta, entre um sanacab e sua bacana:

— Se você deixar o bobão de seu filho casar com aquela sem-vergonha da filha do seu amigo de caçada, vai ter...

Ou então:

— Já é suficiente que eu suporte aquele idiota de seu irmão, mas sua cunhada não me põe os pés nesta caverna e estamos conversados!

Primitivos, obviamente. Nunca, em civilizações posteriores, repetiu-se esse tipo de discórdia envolvendo parentes. O resultado dessas discussões foi a expansão territorial dos sanacabs.

Grandes grupos migravam depois de uma troca de opinião entre duas ou mais bacanas a respeito de uma peça de carne ou um casamento não desejado, que tivera como consequência lutas e mortes.

Na sua migração, encontravam outros grupos de sanacabs já instalados nas novas terras, depois de terem se separado, por um motivo ou outro, do grupo original.

Às vezes os recém-chegados se integravam, outras quebravam o maior pau, tomavam à força o local e escravizavam os que lá moravam.

Os mais fracos, os que não tinham condições de levar a

melhor numa briga, pediam para trabalhar para as famílias locais ou iam em frente, cada vez mais longe, à procura de terras desocupadas.

De algumas destas tribos nunca mais se tiveram notícias, sendo consideradas perdidas.

Por algum motivo, ainda não esclarecido pela ciência, os seres têm a tendência de desprezar e caçoar daquilo que não lhes é habitual. Ou o que não entendem, ou o que é diferente.

Podemos observar esse fenômeno entre animais pequenos e grandes, evoluídos ou não. É sempre a mesma coisa: o diferente se ataca e se condena ou, no melhor dos casos, serve para rir.

Um fenômeno que não existe entre nós, na Terra. Ou será que existe?

Como já dissemos, entre os sanacabs diferenças havia.

Principalmente na coloração.

Os microssímios primeiros tinham o pelo e a pele verdes, de um verde muito escuro, quase preto.

Essa cor tinha ajudado gerações inteiras a passar despercebidas na floresta profunda, aonde a luz de Tar não chegava.

Com o desenvolvimento dos polegares e o domínio sobre as outras espécies, grupos de sanacabs saíram da floresta profunda e o verde clareou, tomando um delicado tom de folha seca.

À medida que ficavam expostos à luz de Tar e dependendo de hábitos alimentares e cruzamentos entre tribos, o verde tornou-se marrom, depois marrom claro com tons alaranjados. Finalmente alaranjado puro.

Essa variedade de cores, comum na natureza, causou brigas e desavenças profundas entre os sanacabs, mas como o livro só tem duas cores não vamos poder mostrar.

14
Intolerância, segurança

Dificilmente uma chefa de tribo verde-clara iria permitir que bacanas da sua família acasalassem com espécimes marrons, assim como os tradicionais verde-escuros não suportavam a presença dos alaranjados. Estes, por sua vez, modernos e bem alimentados, eram maiores e mais fortes. Desprezavam os verdes e nutriam verdadeira aversão pelos verde-escuros a quem xingavam de "símios", com profundo desagrado.

Aos poucos, as migrações foram definindo áreas exclusivas, cercando espaços e dividindo Bacsan em domínios de uma e outra cor.

Vejamos:

O lugar mais gostoso de se habitar era a parte central do Planeta — equatorial, diríamos os terrestres. Ela ficou com os sanacabs alaranjados.

Os verde-escuros ficaram ao norte e os verde-claros ao sudeste. Marrons ao sudoeste.

Amarronzados e esverdeados se dividiram entre esses bandos, sendo malvistos por todos.

Os ódios eram tantos quantas as cores. Não havia paz em Bacsan.

Alguns migrantes vagueavam pelo Planeta, ora se estabelecendo num lugar, ora levando vida nômade.

Bandos de inadaptados criavam confusão assaltando tribos instaladas em povoados, sem lei nem controle. Quase todos eram esverdeados ou amarronzados. Com o passar do tempo, as tribos que habitavam cidades ou povoados organizados criaram sistemas de defesa, muralhas, fossos etc. Os sanacabs treinavam continuamente táticas de defesa e **artes marciais**.

As tribos do norte, os tradicionalistas verde-escuros, que chamavam a si mesmos *huberales*, criaram a primeira organização militar. Muito inteligentes e observadores, e mais disciplinados que os alaranjados, tiraram proveito dos bandos de sanacabs esverdeados e amarronzados.

Os cientistas huberales observaram, nos feridos de guerra, que certos golpes no crânio, recebidos durante as batalhas, deixavam os sanacabs meio perturbados e suscetíveis a comandos. Aproveitando essa descoberta, depois de uma ligeira mexida no cérebro (os huberales tinham desenvolvido técnicas cirúrgicas sofisticadas) transformavam os bandos esverdeados e amarronzados em excelentes lutadores, que não se importavam em morrer. Esses lutadores foram chamados *cénticos*. Os cénticos se encarregavam de proteger as cidades, apagar incêndios e lutar contra invasores.

Assim conseguiram organizar cidades-estados seguras e que se desenvolviam rapidamente. Essas cidades logo perceberam que era conveniente e mais econômico juntar-se numa federação. Foi criado então o primeiro estado em Bacsan: A Mui Nobre Federação dos Cidadãos Huberales, mais simplesmente conhecida como *Hubernia*. Um povoado — em que se cruzavam várias estradas e onde tinha se estabelecido o maior centro comercial do país — foi transformado em capital.

Logo a seguir, verde-claros e alaranjados fundaram seus estados.

Chamou-se o dos verde-claros *Plusia*, pois o nome que eles se davam era *plusios*. Os alaranjados, os *dêmais*, fundaram *Demásia*.

A capital de Demásia era *Máxima* e a de Plusia, *Súpera*.

A capital de Hubernia era *Hubernia* mesmo.

Muito trabalhadores, eficientes cientistas e hábeis artesãos, os huberales juntaram considerável riqueza. Negociavam com tribos verde-claras e até com as de alaranjados. O desprezo que nutriam por estas duas últimas não impedia bons negócios.

Hoje diríamos que os huberales eram "pragmáticos".

(Procurem pragmatismo no dicionário e vão entender melhor.)

Os alaranjados diziam que eles eram capazes de vender até a mãe, se achassem quem oferecesse bom preço.

15
Alface para saladas

Foi aí que *um grande acontecimento* virou a vida em Bacsan.

Vamos conhecê-lo.

Eis que as bacanas, acostumadas a colher plantas e frutas, tinham percebido, muito e muito tempo antes, o fenômeno das sementes que, caindo ao chão, faziam brotar outra planta. Muitas bacanas já usavam esse conhecimento para produzir plantas de que elas gostavam, criando desse jeito pequenas hortas e jardins. Criavam plantinhas como a alface, que era muito gostosa comida junto com os muus assados.

E muitas outras plantas. Os sanacabs achavam bom demais comer uma plantinha com a carne.

Mas o costume de plantar era devidamente considerado, pelos "brilhantes" sanacabs, como "bobeiras de bacana" e motivo de gozação.

Mas a gozação acabou quando perceberam que aquilo podia ser uma coisa muito útil. A cada dia os muus ficavam mais difíceis de caçar. Os bichos, que não eram burros, cada dia se afastavam mais dos sanacabs. Para pegar um muu os sanacabs tinham que ir longe e voltar carregando o bicho. As plantinhas enchiam a barriga do mesmo jeito que os muus e não se precisava ir longe.

Então: por que não fazer mais plantinhas?

Nascia a agricultura.

Com a agricultura, a terra[4] passou a ter importância. Antes da agricultura, a terra era lugar onde se caminhava para ir de um lado a outro de Bacsan. Ninguém pensou que um pedaço de terra poderia servir para alguma coisa, então ninguém era dono de nenhuma terra.

Mas com a agricultura a coisa mudou.

Se você faz uma plantação de qualquer coisa, a coisa que você plantou lhe dá trabalho. Tem que arar a terra, juntar as sementes para plantar, esperar aparecerem as plantinhas, regar se não chove, arrancar as ervas ruins, espantar os bichos e os pássaros que querem comer as plantas novinhas e esperar que estas cresçam. Depois tem que colher, limpar, guardar e por aí vai. A família toda trabalhava. Sanacabs,

---

4 Chamamos de terra, aqui no planeta Terra, o solo em que as coisas acontecem.
No planeta Bacsan devia ser bacsan: plantavam no bacsan. Mas vai dar muita confusão, então vamos deixar terra mesmo. Tá bom assim?

bacanas (elas eram as teóricas, sabiam tudo a respeito de plantas) e suas crianças.

Trabalhão danado; e no ano seguinte começar tudo de novo.

Tinha plantas parecidas com o feijão que conhecemos na Terra, ou com o trigo e o milho.

Sabemos que os sanacabs e as bacanas estavam acostumados a pegar os bichos e as plantas que encontravam na natureza de Bacsan. E agora que havia uma grande plantação de comida, como ficariam as coisas? Com o trabalhão que a plantação dava, não era caso de qualquer um pegar.

O negócio era botar uma cerca para ninguém entrar.

E vigiar, gritando "Esta terra é minha" quando alguém chegava perto. Os sanacabs mais fortes ficavam vigiando para que gente de outras tribos ou outras famílias não pegassem plantinhas.

Alguém muito inteligente de Bacsan disse que desde quando o primeiro sanacab gritou "Esta terra é minha!"[5] a bagunça tomou conta do Planeta. E as guerras e um monte de coisas mais.

Agora, com a agricultura, não faltava mais comida em Bacsan. Os agricultores produziam muita, muita.

E a vendiam.

Alguns sanacabs aprenderam a criar muus e kokorikes.

Que também eram vendidos.

---

5 Na Terra aconteceu mais ou menos a mesma coisa. Vejam: "O primeiro homem que, tendo erguido uma cerca em volta de seu terreno e proclamado 'isto me pertence', encontrou gente ingênua o suficiente para acreditar nele, foi o fundador da sociedade civil" (Jean Jacques Rousseau, filósofo suíço — 1712-1778).

Pois é, a comida passou a ser vendida. Se alguém vende comida é porque alguns compram, não é isso? É.

Nunca mais iria faltar comida. Ninguém mais iria ficar sem comida, certo?

Errado.

Agora a terra era dos que disseram "esta terra é minha". E a cada dia mais e mais "isto é meu" se ouvia em Bacsan. Eram os **Conterra**, grupo de gente que cada dia pegava mais um pedaço de terreno e mais e mais.

E um dia a terra boa de plantar acabou e muitos tiveram que ir embora; e outros dependiam dos Conterra para comer.

Mas tinham que "pagar". Pagar? Que que é isso? Nunca antes em Bacsan tiveram que pagar por comida. E agora?

O comércio se firmava em Bacsan...

Porém, como não havia moeda, o pessoal trocava coisas. Os que fabricavam coisas trocavam comida por seus produtos. Os caçadores trocavam as peles e a carne.

Dava para discutir, barganhar, quebrar o pau.

Isso se chamava *escambo*.

E quem não tinha coisas para trocar?

Bem, quem não tinha coisas para trocar tinha que trocar... de lugar. Assim a migração aumentou. Cada vez mais.

E os que não migravam? Negociavam.

Surgira o mercado.

O mercado é feito de negócios e os negócios eram feitos por negociantes.

E com o mercado surgiram os **atravessadores** e os **agiotas**.

Sem necessidade de nova mutação genética...

Esses novos "sistemas comerciais" fizeram que alguns juntassem muitas sementes e muus e kokorikes e usassem os que não tinham nada e não migraram para trabalhar em troca de comida.

Escravos? Eles não chamavam assim. Chamavam de *ajudadores*.

Mas eram escravos sim, pois não.

Algumas tribos tinham "mais" que outras. Mais de tudo: peles, sementes, hábitos, formas de comer e de agir... e ajudadores.

Assim temos em Bacsan os donos da terra. Eles não produzem.

— Mas quem produz então? — vocês vão perguntar.

Pois os que produzem são os chamados ajudadores.

16
Negócios, negócios...

Os huberales descobriram rapidamente que era muito descômodo andar carregando duzentos quilos de muu salgado para trocar por meia tonelada de batatas e cebolas.

Fizeram uma Reunião de Cúpula com seus principais parceiros comerciais, os verde-claros, e convidaram os odiados alaranjados. Reuniram-se numa cidadezinha de esverdeados chamada Zerbeja, na beira do lago do mesmo nome, cujos habitantes eram conhecidos por nunca entrar em brigas de nenhuma espécie, mas serem especialistas em tratar dos feridos das guerras dos outros.

Depois de muitas discussões e brigas, nas quais os zerbejanos tiveram bastante trabalho, chegaram à Convenção Comercial de Zerbeja. Ficou decidido que seriam aplicados nos negócios certos símbolos de valor, usando, para isso, cascas de cris-cris.

Uma casca de cris-cris passou a representar o valor de dez quilos de batatas.

Finalmente, fabricaram a moeda e a fizeram de metal, pois as cascas de cris-cris não dava mais para usar.

Essa moeda se chamava *criso*, mantendo o antigo nome.

Era dividida em cinco *partinhas* de vinte *crisitos* cada.

Usava-se o sistema digital: cinco dedos de uma mão e os vinte dedos do corpo. Os sanacabs davam muita importância aos dedos. Se não fosse por eles, continuariam sendo símios selvagens.

Assim, durante muito tempo, os negócios se desenvolveram maravilhosamente. Em algumas épocas, alguns Representantes andaram usando os cénticos para ficar ricos, escondendo mercadorias para fazer o preço subir, especulando com a pesca paralela de cris-cris e outras atitudes condenáveis. Mas o antigo sistema tumbtuíste prevalecia ainda e sucessivas matanças de Representantes colocaram as coisas no lugar.

E o criso valia tanto quanto hoje vale o dólar ou mais, talvez...

Na reunião tratou-se também da segurança. Os Representantes de Plusia e Demásia exigiram dos huberales o segredo da organização céntica. Os huberales relutaram muito, mas acabaram por ser convencidos. Os três estados passaram a ter forças equivalentes de cénticos.

17
As mudanças continuam

Passaram-se anos, decênios e alguns séculos. Fortunas foram aumentando e ajudadores também.

Trabalhava-se muito, muito. Ganhava-se pouco, pouco. Mas as fortunas aumentavam e com elas os costumes.

Dos donos das fortunas, claro...

Os ricos ficaram mais ricos e mais... "metidos", se me permitem dizer assim.

Construíram palácios. Dentro das muralhas que já haviam construído, claro!

E os palácios eram cada dia mais luxuosos, os móveis maravilhosos, tinham maior quantidade de obras de arte, maravilhas de enfeites, tapetes fofíssimos, cortinados de tecidos importados de lugares longínquos, onde os sanacabs tinham se especializado.

As roupas eram um deslumbre, as bacanas usavam joias que nem dá para contar.

Mas o pior era a divisão de títulos e honrarias.

Aqui na Terra temos reis, imperadores, príncipes etc.

No Planetinha tinha muitos mais, mas vocês vão desculpar, não temos todos os títulos e as honrarias de uso comum por lá. Mas vocês podem imaginar.

Todos esses ilustres donos de tudo, como sempre, já se sabe, queriam mais. E como ter mais? Pois tirando de quem tinha.

Ora, não seriam os ajudadores que tinham. Os que tinham eram os outros sanacabs donos de tudo.

Então?

Guerra! Invasão! Sempre se podia achar um motivo. O Donão Tal tinha feito uma grave ofensa ao Mandão X, que era sobrinho-neto do Superipero Y, quem, por sua vez, tinha casado com a filha do Doninho Z, filho do Donão Tal, que já nomeamos.

Então? Impossível suportar essa afronta. A Honra, a Dignidade, o Decoro, o Pundonor[6] etc. E por aí vai a conversa.

No final, a guerra.

Juntam-se muiiitos ajudadores, são dadas armas a eles,

---

6 Dicionário, dicionário.

elegem-se alguns chefes cénticos e pronto! Manda-se a turma para a guerra.

A turma assim composta chama-se exército, como vocês imaginam.

Com a guerra nunca se sabe o que vai acontecer. Uns ganham, outros perdem. Os que perdem ficam sem nada ou com muito pouco, os que ganham ficam mais ricos e mais fortes.

E inventam armas para uma próxima vez.

Assim o poder ia de um lado a outro; um dia ganhavam os dêmais, outro dia ganhavam os huberales. Muitas vezes as brigas eram entre plusios e outras entre tribos nômades que atacavam cidades de plusios ou de dêmais.

Mas guerras nunca faltavam.

Inclusive as religiosas. Discussões entre religiosos eram muito comuns. E falta de respeito de uns pelos outros também.

Os sacerdotes de cada religião tinham enriquecido, claro. Cada dia recolhiam mais doações para "os deuses" (falta saber se os deuses ganhavam algum). Com essas doações faziam fortuna.

Cada religião construía templos. Templos magníficos, decorados com metais preciosos. Não sabemos se no Planetinha tinha ouro, mas metais preciosos havia sim.

Eles construíam com as doações dos fiéis? Nããooo!

Para isso tinham que arrancar dinheiro de donões, mandões, superiperos e quem aparecesse com muitos crisos pelos domínios deles.

E também se dedicavam, em nome dos seus deuses, a combater outras religiões. Sempre havia uma razão, muito bem explicada aos fiéis, que nunca entendiam nada, mas colaboravam. Isto é: davam mais crisos.

Assim ia indo a vida em Bacsan. Ricos mandando, criando casos para ficar mais poderosos, e pobres calando a boca.

Vez por outra os pobres se revoltavam, mas os cénticos davam jeito. E voltava tudo ao normal.

Normal? Pois é...

18
Surge o riso

Apesar de terem desenvolvido avançadas técnicas de criação de muus e kokorikes, e de cultivarem diversas espécies de vegetais para alimento, os sanacabs apreciavam muito as frutas e os animais silvestres. Algumas famílias se ocupavam de colher e caçar.

Aconteceu, numa tarde de primavera, de uma jovem bacana verde-escuro ser surpreendida por um aguaceiro enquanto colhia uma frutinha muito saborosa chamada *luci*. Com o cesto cheio de lucis, a jovem correu a proteger-se da chuva numa caverna próxima, na qual chegou totalmente ensopada, encontrando ali um jovem e simpático sanacab, tão molhado quanto ela. No começo houve certas atitudes de desconfiança, mas o jovem era boa pessoa e a moça era espontânea; e bateram papo, ficaram amiguinhos, passearam e passaram vários dias perambulando pelo bosque, esquecidos da vida e de tudo.

Vários dias de total felicidade juvenil.

Durante esses vários dias aconteceram duas coisas.

A primeira foi que as lucis que a moça tinha colhido, misturadas com água de chuva, fermentaram. Como o cheiro era agradável, o moço e a moça experimentaram aquele xarope espumoso e gostaram muito. Tomaram mais, depois mais um pouco e começaram a rir.

Rir!

Os sanacabs e as bacanas não riam.

Aqueles dois jovens tinham descoberto o riso, e o riso lhes dava felicidade; e, felizes, se amavam. Eram jovens, eram bonitos e riam. Apesar de ela ser uma huberal e ele apenas um reles esverdeado!

A segunda coisa que aconteceu foi a família da moça, com a mãe à frente, sair para buscá-la.

— Iuhuuu, filhinha! — gritava a mãe.

— Iuhuhuhu, sobrinha! — gritava o tio.

— Iuuuhuuuuhu! — gritavam parentes e amigos.

Da cachoeira, onde estavam se divertindo, o moço e a moça ouviram os gritos dos familiares dela.

— Ih, sujou! — disse ele.

— E como! — ponderou ela.

Se olharam, riram e saíram na disparada rumo à caverna, onde, acreditavam, não os achariam.

Acharam. Faro de mãe é coisa séria!

Acharam, mas deu tempo do rapaz se esconder e a moça bolar uma história.

19
A história

— Mãe, eu estava catando lucis e eis que, de repente, apareceu-me um velho muito alto, todo vestido de branco, que me indicava o céu com o dedo. Ele disse, com uma voz profunda que parecia vir de todo lado: " — Olha e vê!".

Eu olhei e vi, mãe. No céu havia quatro jovens de cabelos compridos; e eles levavam uma cumbuca enfeitada com diamantes que estava cheia de lucis. E a voz do velho ribombou: " — Olha e aprende!".

E eu olhei e vi os jovens deitarem água nas lucis, e cantavam e as lucis pareciam ferver, e sua espuma brilhava mais que os diamantes. Eles bebiam, bebiam e faziam um barulho com a garganta assim: rá, rá, rá — e pareciam felizes. E a imagem sumiu e eu vi o grande velho, que me disse: " — Faz igual". E não dava para desobedecer, e eu fiz e cantei como tinha visto. E a água borbulhou e tinha cheiro agradável. Ele me disse: " — Bebe!".

E eu bebi, mãe, e é muito bom! E eu também fiz rá, rá, rá, como os jovens do céu.

E o velho então me disse: " — Vai e ensina a todos. E diz que foi Um que te ensinou". Bebe, mãe!

A mãe estava achando tudo meio esquisito. Perguntou para a irmã:

— Tu, que achas?

E a irmã encorajou: — Vai, bebe.

E a mãe bebeu e daí a pouco estava fazendo rá, rá, rá, e, quando parou, enxugou os olhos e disse:

— Bãoo!

E a tia bebeu e fez rá, rá, rá, e disse:

— Bãoo! — como tinha dito a irmã. E outros beberam e disseram também:

— Bãooo!

E ninguém mais bebeu porque o xarope acabou, mas os que tinham bebido estavam felizes e com uma expressão nova no rosto; e sentiam uma nova vida correr pelas veias.

E voltaram todos para casa levando a jovem "que tinha visto o velho Um".

20
A mãe e a tia

Era a mãe da moça uma Representante. Como todos os Representantes, sempre com o desejo de aprontar alguma e o medo de ser descoberto e submetido à antiga lei tumbtuíste. Não acreditou na história da filha, mas o fato é que as lucis fermentadas provocavam um bem-estar muito gostoso e isso podia dar lucro!

Iniciaram a fabricação de mais xarope. Mas as tentativas não deram certo. Ficava gostoso, mas não provocava a reação do rá, rá, rá. Supondo que o lugar onde foram colhidas as lucis tivera influência, mandaram a moça catar mais lucis no mesmo lugar. Nada. Não dava resultado. A água! Claro, o xarope inicial tinha surgido da água da chuva! Tentaram. Negativo.

As irmãs estavam perplexas. Disse a tia:

— Por acaso não será verdadeira a história que Tamsa contou?

— Imagina! Aquilo é mentira que ela inventou porque estava morrendo de medo de apanhar!

— Sei lá... Por que não dá certo, então?

— Se eu soubesse...

A moça, que fora proibida de ir à floresta sozinha, ouvia a conversa desde o cômodo do lado. Como estava com saudade do moço Enco, bolou um plano.

Foi até onde estava a mãe conversando e lhe disse:

— Mãe, tive um sonho em que o velho da floresta me pedia pra ir até lá. Disse pra ir sozinha. Engraçado, não?

— Sim — disse sua mãe —, muito engraçado...

— Bem, vou lavar minha roupa...

E saiu.

— E se o sonho for verdadeiro? — perguntou logo a tia.

— Você sabe que não é.

— Mas, e se for?

— Você está pondo minhoca na minha cabeça, mulher. Claro que ela não sonhou nada. Claro que não existe velho da floresta, você sabe tão bem quanto eu!

— Claro, claro. Falei por falar. Mas com essas moças de hoje nunca se sabe... Casos assim já têm acontecido, você sabe...

— O que você quer que eu faça? Que deixe a doida da tua sobrinha solta, aprontando por aí?

— A gente podia segui-la sem ela saber...

— Hummm!

Combinaram assim.

No dia seguinte, belo sol, céu muito azul, ia feliz Tamsa, pela floresta, disposta a encontrar seu amigo Enco. A distância, mãe e tia acompanhavam os passos da garota. Ela entrou na floresta cantando baixinho, assobiando para os passarinhos de um jeito que ela sabia assobiar e, de repente, viu o amigo, escondido em cima de uma árvore, que lhe fazia sinal para não falar.

— Tua tia e tua mãe vêm atrás de você, disfarça!

Tamsa passou por ele, continuou entrando na floresta, juntou umas frutas, deitou e fez que dormia.

Mãe e tia, lá, observando. Depois de uns dez minutos, a moça fez que acordava sobressaltada, passou a mão pelos olhos e, pegando na sua cestinha de frutas, saiu rapidamente da floresta. Quando chegou em sua casa encontrou a mãe e a tia sentadas, abanando-se, vermelhas da corrida que precisaram dar para Tamsa não suspeitar.

— Como foi, minha filha, encontrou o velho da floresta?

— Não, mãe, não encontrei. Aconteceu uma coisa curiosa. Estava cansada, fazia muito calor e deitei um minutinho pra descansar. Devo ter cochilado, pois ouvi uma voz que me dizia: "Eu falei pra vir sozinha!" Não é esquisito? Não tinha ninguém na floresta... Bem, acho que vou dar uma descansada. Inté...

E dizendo isso saiu de fininho, deixando as irmãs com uma pontinha de dúvida. A primeira a falar foi a tia: — Eu não disse? Você é muito desconfiada! A menina está tendo contato com algum ser sobrenatural! Como poderia saber que nós estávamos lá, se não fosse sobrenatural, hein, me diga?!

Discutiram ainda um pouco e decidiram que deixariam a moça ir sozinha à floresta. Porém, Tamsa, muito viva, não deu sinais de querer voltar lá.

A mãe perguntava:

— Está um dia lindo. Não quer ir à floresta?

— Ah, mãe, não! Estou tão cansada...

Outro dia:

— Menina, você precisa fazer exercício! Pega seu canastro e vai catar flores na floresta!

— Hoje não, mãe! Dormi mal à noite. Não quero.

Mãe e tia já estavam por conta. Lá tinha coisa! A menina não queria sair. Não queria ir à floresta!

— Filhinha, você gostava tanto de ir à floresta...

— Ai, eu sei, mãe! Mas me dá uma coisa, sei lá. Aquele velho... Aquele xarope. Ai, mãe, estou sem vontade... Quem sabe um dia...

Mãe e tia não aguentavam. Que insensibilidade, aquela menina! Um negócio que poderia ser tão bom...

Então, um dia, Tamsa acordou cedinho, pegou sua cestinha e disse:

— Mãe, vou à floresta!

21
De volta à floresta

Encontrou o rapaz e brincaram o dia todo, tomaram banho de cachoeira e bateram grandes papos de isto e aquilo, até que Tamsa perguntou:

— Enco, você lembra onde peguei lucis no dia da chuva?

— Olha, eu não sei. Você veio pelo caminho dos carvalhos. Por quê?

— É que minha mãe e minha tia querem fazer daquele xarope, lembra? E por mais que tentem não dá certo. E eu não consigo lembrar de nada diferente.

— Bem, alguma coisa deve ter. Vem, vamos para aqueles lados. Quem sabe a gente consiga descobrir.

E não é que descobriram?

O rapaz lembrou-se de ter visto no meio das lucis fermentadas uma outra frutinha, redonda e azul, e algumas folhas de outra planta.

— Você foi pegando de qualquer jeito e, junto com as lucis, vieram um monte de outras coisas.

— Está me chamando de desleixada? Não olho mais pra você — disse Tamsa, olhando ternamente nos olhos de seu amiguinho.

Cataram as ervas de que se lembravam e deixaram para fermentar.

Tamsa voltou para sua casa e ficou uma semana sem voltar à floresta.

Quando voltou, encontrou Enco às gargalhadas.

— Conseguiu? Deixa experimentar!

Passaram um dia rindo à toa, felicíssimos.

Combinaram que Tamsa não contaria da frutinha azul. Quando o xarope estivesse em fermentação, ela colocaria a frutinha disfarçadamente.

— Pra que isso? — perguntou Tamsa.

— Sei lá, me ocorreu. É um segredo nosso.

Quando Tamsa voltou, tinha a fórmula e a mãe não quis saber de qualquer outra coisa.

Tamsa falou do rapaz, disse que queria casar com ele.

A mãe dizia a tudo que sim.

E Tamsa trouxe Enco para casa. Quando viu aquele esverdeado entrando de mãos dadas com a filha, chamou os cênticos e mandou dar sumiço no rapaz.

Tamsa chorou.

A mãe e a tia de Tamsa tinham feito muito xarope. Durante semanas vendiam, a preço alto, pequenas doses que faziam rir. E rir era tão bom! Todos queriam rir.

E Tamsa chorava, chorava muito. Os sanacabs não sabiam rir. Com o xarope, eram felizes rindo. E não havia brigas, não havia negociatas. Rindo, os sanacabs eram amigos, generosos.

Ofereceram fortunas pela fórmula. Todos queriam rir e sentir-se de bem com a vida, naquele bem-estar que o xarope dava. Muitos fizeram ameaças para obter a fórmula. Mas bastava tomar um gole que a agressividade desaparecia, as ameaças eram esquecidas.

Tamsa continuava chorando e ninguém se importava. E os sanacabs continuavam rindo, as pessoas se sentiam cada vez melhor, e um dia o xarope começou a acabar.

A mãe e a tia de Tamsa logo providenciaram o fabrico de maior quantidade. A fórmula estava lá. Lucis, plantinha tal, plantinha outra. Pronto!

Tamsa parou de chorar quando percebeu que ia dar bolo. De fato, o xarope, sem a frutinha azul, não tinha efeito. Antes que descobrissem, Tamsa fugiu.

22
E agora?

A fuga de Tamsa passou despercebida. Mãe e tia estavam muito ocupadas ganhando rios de dinheiro, fazendo negócios incríveis. Cada vez exigiam preço maior pelo xarope. Só aos cénticos elas o forneciam quase de graça. Eles significavam segurança!

E um dia o xarope da primeira safra acabou. Os novos barris estavam à disposição. Dobraram mais uma vez o preço.

O primeiro a experimentar foi um alto figurão.

— Isto não serve, não faz rir — declarou. — Me dá do velho!

Não tinha mais...

— Como? Estão brincando comigo?

Os sanacabs perderam a paciência. Eles queriam rir e eles iam rir ou alguém ia apanhar. O velho mau humor, o egoísmo, a ambição tinham voltado. Elas chamaram os cénticos e os cénticos acalmaram os ânimos. Mas não deixaram de avisar:

— Madames, as coisas estão feias! Depois, nós também queremos rir. Providenciem depressa ou não sei se vamos conseguir segurar.

— Eu sou uma Representante! — declarou a mãe de Tamsa.

— Se eles decidem que você está passando dos limites, já sabe o que acontece. Vê se providencia logo e não faça besteiras.

— Cadê essa menina? — berrava a mãe de Tamsa. — Onde ela está?

Mas nós sabemos que Tamsa tinha ido e já fazia bom tempo.

A notícia da violenta revolução que estourou entre os huberales por causa da falta do xarope de rir chegou aos ouvidos de todos os países e grupos, devidamente contada pelos nômades que visitavam os recantos do Planeta. Os outros sanacabs custavam a entender que por causa de um xarope houvesse tamanha confusão entre os sisudos huberales.

E depois: rir? O que era rir? Como era rir?

A explicação dos nômades, que imitavam as gargalhadas dos que tomavam o xarope, não convencia ninguém.

— Como é? Eles tomavam um xarope e faziam rá, rá, rá? E deu esse quebra-pau todo por causa de meia dúzia de latidos? Estão parecendo os tumbtuístes das montanhas!

E ninguém entendia nada de nada. Mas, por via das dúvidas, reforçavam a vigilância das fronteiras.

Em Hubernia as coisas pioravam de dia para dia. Contratados pelas donas do xarope, cientistas de todas as áreas pesquisavam, dia e noite, tentando descobrir a fórmula, mas não obtinham resultado algum e o descontentamento criava novos focos de briga.

A organização dos cênticos já não mantinha a coesão nem mesmo os esverdeados e amarronzados recém-operados respeitavam as hierarquias. Depois de ter rido, os huberales não se conformavam em não rir mais, e viam naquilo uma manobra das duas mulheres. As coitadas estavam gastando toda a fortuna que ganharam com o xarope para reforçar as defesas. Mas, definitivamente, o país não era mais aquele. Estava desarticulado.

Os dêmais compreenderam isto e, rapidamente, invadiram Hubernia em nome da paz e a anexaram à Demásia.

Transformaram os cênticos, obedientes aos hubernianos, em obedientes aos dêmais e, assim, dobraram o exército.

Logo anexaram os marrons e começaram a perseguição aos esverdeados e amarronzados.

Organizaram uma conferência de sanacabs em Zerbeja e declararam Plusia protetorado de Demásia.

E quem ia reclamar?

Os alaranjados estavam com tudo...

23
Voltando à floresta

E Tamsa, coitadinha?

Feliz, nos braços esverdeados de Enco.

Pois é. Tamsa fugira e fora para a floresta. Não esperava encontrar Enco, a quem imaginava morto pelos cênticos de sua mãe.

Mas encontrou.

— Os cênticos que me prenderam — explicou Enco — eram esverdeados e os esverdeados gostamos de nos ajudar. Isso nos mantém vivos a maior parte do tempo. E aqui estou. E você?

— Eu fugi depois que minha mãe mandou te prender. Eu imaginava que tivessem matado você, chorei semanas. Não ligava pra nada, só pensava em você e que minha mãe tinha mandado te matar. Depois, quando vi que estava acabando o xarope, fugi. Deu o maior rolo,

Enco. Os sanacabs estão todos furiosos, huberales, esverdeados e amarronzados, todos. Querem rir e não se conformam que mamãe tenha perdido a fórmula.

— Nunca a teve — falou Enco.

— Mas ninguém sabe. Nem ela. Não gosto mais dela pelo que te fez...

— Não fez nada...

— Mas tentou, e por isso estou zangada. Mas não gostaria que acontecesse alguma coisa com ela...

— Tamsa, não dá pra fazer nada. E se ela sabe que você está comigo, vai mandar me matar de novo. E, se em vez de cair nas mãos de esverdeados, caio nas mãos de um comando amarronzado, estou frito. Amor, vamos embora. Na terra dos marrons tem uma cidade chamada Zerbeja. Lá, eles são legais, não têm preconceito, sanacab é sanacab tenha a cor que tenha. Até dos alaranjados eles gostam...

— Mesmo?

Assim, quando os alaranjados dêmais marcaram a conferência, Tamsa e Enco estavam lá.

24
Máxima manda

Os alaranjados, conta uma piada sanacab, não seriam ruins se não fossem... dêmais demais. O humor sanacab pode não ser lá aquelas coisas, mas a piada está muito certa. Os dêmais são demais. Demais de orgulhosos, vaidosos, barulhentos, grossos, exibidos, metidos... Chega, né?

Dominam um país belíssimo que eles estragam deixando lixo por todo lado e não tendo cuidado com a natureza. Tomam tudo que desejam pela força e se acham os maiorais. O pior é que são. São fortes, inteligentes, bonitos, bons atletas e sei lá mais o quê. Mas podiam maneirar, ora. A ciência huberal é muito mais avançada que a deles.

Claro, agora é deles.

Os cientistas todos de Hubernia trabalham em Máxima. E estão felizes porque, enquanto os empresários huberales eram mão-fechada, os dêmais pagam muitíssimo bem os seus cientistas. Os huberales não são discriminados em Máxima, recebem igual a seus colegas dêmais e são respeitados. Mas os huberales são racistas, que se há de fazer, e não se misturam.

— Esses símios que ficam se achando, um dia ainda nos

cansam e matamos eles todos — dizem alguns dêmais exaltados. Mas a maioria respeita a capacidade científica dos "símios" e os deixa em paz.

Mas há muito ressentimento em Bacsan.

Os plusios são excelentes artistas, escritores, músicos.

Os dêmais os desprezam, os chamam de sonhadores inúteis, bons para isca de tubarão.

Mas adoram usar as roupas fabricadas pelos plusios, copiam descaradamente o desenho industrial deles, que é brilhante, e não pagam um mísero crisito de direitos autorais. Marrons, esverdeados e amarronzados são lixo para os dêmais, e já os teriam mandado para longe se não precisassem de cénticos e trabalhadores para os serviços pesados. Plusios, huberales, esverdeados, marrons e amarronzados não suportam os dêmais; e apesar destes intentarem uma aproximação amistosa, os grupos permanecem estritamente separados.

Depois da Conferência de Zerbeja, os ressentimentos aumentaram.

Donos do poder cêntico total e de quase todos os crisos de Bacsan, em Zerbeja os dêmais humilharam e tripudiaram. Impuseram leis, ditaram ordens e impuseram impostos, além de apoderar-se da maior fatia da riqueza de cada grupo.

Mas uma coisa nunca conseguiram: saber o que tinha acontecido em Hubernia. Ninguém nunca falou para um dêmais do riso.

Não houve complô, acerto, combinação, nada.

Mas, sem motivo aparente, nem huberales nem plusios ou esverdeados, ninguém, ninguém mesmo disse alguma coisa sobre o riso aos dêmais.

E nunca um dêmais riu.

25
Surpresas noturnas

Tamsa e Enco são felizes em Zerbeja. Cidade de clima bonito, nem quente nem frio, os habitantes também não esquentam nem esfriam. Cidade cosmopolita, acostumada às brigas entre grupos mais ou menos coloridos, os zerbejanos são felizes ou, pelo menos, tranquilos.

Tamsa e Enco fizeram um pouco de xarope e, uma vez ou outra, tomam um pouco e dão boas risadas. Alguns amigos, muito chegados e de toda confiança, participam.

Enco tem suas prevenções contra o xarope.

— É legal, mas você já percebeu, Tamsa, que, se a gente fica muito tempo sem tomar, dá um mau humor e uma vontade de brigar muito forte?

— Sim, um pouco. Eu já senti isso. Mas nunca tomei demais.

— Nem eu. E vamos ficar assim, hein?

Descobriram outra característica do xarope.

Quem tomava demais ficava doente. Ria e ria sem parar, começava a sentir dores cada vez mais fortes, depois sofria desmaios e, se continuasse tomando, era atacado por alucinações medonhas que causavam medos terríveis, dos quais as pessoas não ficavam livres nunca mais.

Dava para assustar!

Passou-se algum tempo.

Quando Enco soube que um misterioso huberal perguntara por ele no serviço e depois no bar em que se reunia com os amigos, ficou preocupado. Huberales nunca foram amigos de esverdeados. Tamsa era huberal e esse relacionamento quase lhe custara a vida. Sorriu com carinho, lembrando as bochechas verde-escuras das duas meninas, filhas dele com Tamsa. Que poderia querer o estranho e misterioso huberal?

Estavam deitados, tarde da noite. Tamsa respirava suavemente, dormindo ao seu lado. Ouviu um leve som rascado na moldura da janela. Esverdeados nunca estavam cem por cento seguros, por isso ficavam cem por cento alertas.

Enco pulou da cama, saiu pela porta do fundo e, esgueirando-se entre as plantas, observou o vulto escuro ao pé da sua janela. Pelo jeito, fosse lá quem fosse, não estava querendo ser visto, pois se encolhia e olhava para os lados, vigiando atentamente. Com a destreza silenciosa de quem viveu na floresta, Enco chegou ao lado do desconhecido sem que este notasse.

— Procurando o quê, amigo? — perguntou e, ao mesmo tempo, com uma chave de pescoço, imobilizou o intruso.

— Me larggg..! — o huberal tentou falar com a garganta pressionada.

— Calado, quieto e deitado no chão, já! — a voz de Enco soava ameaçadora no tom sussurrado.

Quando o desconhecido estava sob controle, Enco perguntou-lhe quem era, que estava fazendo lá e o que queria.

— Quero conversar! E esta não é forma de tratar sua sogra! Tamsa vive com você, não é isso?

Enco ficou sem saber o que falar, mas não por muito tempo.

— O que é que você quer aqui? Por que não veio de dia, mostrando a cara?

— E você iria me receber?

— Claro que não!

— Tá vendo? Por isso. E preciso muito falar com vocês. Sou perseguida e corro perigo de morte.

— Fez por merecer...

— Tá bom, xingue. Mas converse comigo. Não posso ser vista. Encontrem-me em algum lugar discreto. Suas filhas são lindas.

— Apesar de serem filhas de esverdeado?

— Apesar de serem filhas de esverdeado. Rapaz, gostaria que você pudesse ter menos raiva de mim, mas já vejo que não vai ser possível...

— Deveria...?

— Não sei, talvez. Mas o que me traz é muito mais importante do que as nossas raivas pessoais. Quer marcar um lugar?

Mas não deu para marcar...

26
Desastre

Três homens, vestidos de preto, pegaram a sogra de Enco e deram uma violenta batida na cabeça dele, fazendo-o desmaiar.

Acordou com os puxões e os gritos angustiados de Tamsa. Sonso ainda pela batida, a cabeça doendo, perguntou:

— Que foi, que foi?

— Levaram as meninas, levaram as nossas filhas, Enco! Vou morrer! Quem são esses caras?

Enco reagiu devagar.

— Nossas filhas? Como você deixou?

Enco caiu em si. Abraçou Tamsa e levantou com ela.

Agoniados, entraram na casa. Enco tinha uma ferida grande na cabeça, mas assim mesmo decidiu ir até um grupo de cénticos para pedir ajuda.

Nesse momento, alguém chegou para falar com eles. Era funcionário de uma grande empresa dêmais de Máxima e trazia um convite para Enco e Tamsa comparecerem à diretoria da firma.

E avisou os dois que não falassem com os cénticos!

O convite era muito estranho. Enco e Tamsa conversaram, assustados, e ele decidiu ir.

A firma era muito conhecida. Organizava festas, brincadeiras e espetáculos.

Enco foi recebido com muita gentileza e encaminhado a um grande escritório, onde um dêmais o recebeu com um sorriso simpático.

— Sente, senhor Enco, por favor — disse, mostrando uma cadeira.

— Obrigado — respondeu Enco. Pode me dizer por que fui chamado?

— Ah, meu caro senhor Enco. O senhor tem uma coisa que nos interessa e nós temos outra que interessa ao senhor.

— Não tenho nada que possa interessar a vocês e não sei o que você possa ter do meu interesse.

Sem dizer mais nada o dêmais mostrou uma janela e disse:

— Olhe por aquela janela.

Enco olhou para o lugar indicado. Não viu nada.

— Não estou vendo nada lá.

— Ah, aproxime-se dela, senhor Enco.

Enco olhou para o dêmais desconfiado, mas foi até a janelinha indicada.

Suas filhas estavam numa pequena sala, amarradas em cadeiras e vigiadas por duas cénticas.

Enco virou-se e correu na direção do dêmais. Mas ele apertou um botão na sua mesa. Quatro cénticos entraram na sala e, antes que Enco tivesse tempo de alcançá-lo, foi pego.

Enco lutou, xingou, mas estava totalmente dominado.

— Então, como vê, temos algo do seu interesse — disse o dêmais, com uma expressão maldosa. Agora você me dá a fórmula ou começamos a cortar pedacinhos das suas filhinhas, seu idiota!

27
O desastre se completa

Depois de sair com suas filhas, Enco foi à sua casa e, rapidamente, ele e Tamsa deixaram tudo e voltaram para a floresta onde tinham se conhecido.

Não sabemos o que aconteceu com eles e esperamos que tenham conseguido ser felizes.

Com a fórmula completa, a firma começou a fabricar enormes quantidades do xarope. No começo foi oferecido baratinho e em grandes quantidades. Depois que a maioria da população estava encantada com o uso do produto, os preços começaram a aumentar. Cada dia mais e mais pessoas usavam o xarope.

Já era chamado de Porta da Felicidade.

Até os dêmais riam!

E Portinha, Portinha Querida, Portinha Boa, Portinha Amor. Cada um chamava de um jeito, e cada dia mais e mais gente bebia a Portinha, e cada dia os preços aumentavam.

A firma tinha lucrado muito — e lucrava sempre mais.

E começaram a aparecer os intermediários. Era gente que comprava grandes quantidades do xarope e o vendia cada dia mais caro. E em todos os cantos de Bacsan se estendiam os campos em que eram plantados os componentes da fórmula. E os agricultores também vendiam seu produto cada vez mais caro.

A necessidade de Portinha, depois de ter sido tomada muitas vezes, era total. Havia quem tinha dinheiro e comprava. Outros roubavam. Alguns matavam. Os cénticos, que também tomavam, não davam conta de segurar a violência que crescia a cada dia.

E chegou a hora em que os primeiros que haviam bebido começaram a passar mal. Alguns morriam. Mas a violência para arrumar Portinha aumentava.

Já não havia lugar em Bacsan onde o vício, pois já era um terrível vício que ninguém conseguia dominar, não provocasse desastres terríveis: filhos matavam os pais para obter dinheiro, crianças morriam de fome, pois os pais só pensavam em beber o terrível líquido.

Cidades acabaram por ficar vazias, os mares e os rios estavam cheios de cadáveres apodrecendo. Os que não morriam pela Portinha, morriam de infecções terríveis.

Finalmente não se tiveram mais notícias de Bacsan. Não podemos dizer se ainda existem sanacabs ou bacanas.

Bichos devem existir. Eles não bebiam Portinha. Mas nada podemos afirmar.

Agradeceríamos muito, muito, se alguém entre os nossos leitores pudesse dar alguma notícia.

Muito obrigado, desde já.

Saiba+

Agiotas
O dicionário diz que agiota é quem especula sobre fundos, câmbios ou mercadorias, com o fim de obter lucros exagerados; usura. Mas o dicionário complica às vezes: agiota é um cara que te empresta dez paus e você tem que devolver quinze. Ficou claro?

Arqueológicos
Arqueologia é o estudo de fatos do passado utilizando restos antigos que permanecem nos sítios arqueológicos. Os estudiosos de arqueologia chamam-se arqueólogos.

Artes marciais
Conjunto de técnicas, movimentos e exercícios corporais para defesa e ataque, com emprego de armas ou sem ele.

Atravessadores
Diz o dicionário que atravessador é aquele que compra mercadorias por preço baixo para revendê-las por um preço mais alto, com grande lucro.

Conterra
É como fazendeiro na Terra.

Cris-cris
Espécie de caranguejo muito apreciado pelos tumbtuístes, que precisavam mergulhar dias a fio nas águas geladas dos rios da montanha para conseguir meia dúzia de cris-cris.

Cromossomo
Unidade morfológica e fisiológica, visível ou não ao microscópio óptico, e que contém a informação genética. Cada espécie vegetal ou animal possui um número constante de cromossomos.

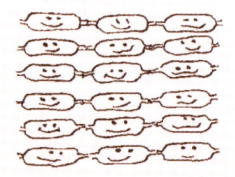

Felinos
Relativo ao ou próprio do gato ou dos demais felídeos, ou semelhante a eles.

Fósseis
Vestígios ou restos petrificados de seres vivos que habitaram o Planetinha.

Fotossíntese
Síntese de substâncias orgânicas mediante a fixação do gás carbônico do ar através da ação da radiação solar. Aqui é radiação taral.

Hipóteses
Suposição, conjetura.

Húmus
Adubo. Um monte de coisas (quase todas podres) que fertilizam a terra. Se quiser saber mais, que tal dar uma olhada no dicionário?

Líquen
Organismo vegetal composto que consiste na associação simbiótica de uma alga verde ou azul com um fungo superior, ficando as algas dentro do talo onde formam uma camada verde.

Matriarcado
É o sistema de governo onde dominam as mulheres; aqui, no caso, as bacanas.

Moléculas
Segundo o dicionário, é um grupamento estável de dois ou mais átomos, que caracteriza quimicamente certa substância. É meio difícil, mas vocês vão entender.

Onívoros
Que se alimenta de carne e de vegetal. Quer dizer: comem de tudo.

Parasita
É o bicho que encosta em outro e vive dele, sem trabalhar, sem fazer nada. Sabe? Tem gente que também é assim...

Proteína
Classe de compostos orgânicos de carbono, nitrogênio, oxigênio e hidrogênio que constituem o principal componente dos organismos vivos.

Quadrúpedes
Que tem quatro patas.

Recuado
Muito antigo; longínquo.

Venatória
Atividade venatória é um nome chique para a caça.

Eu, Luis Díaz

Comecei a ler e a desenhar em Montevidéu, capital do Uruguai. Sabem por quê?

Porque foi lá que eu nasci, em 1934.

Escrevia muito, um monte de bobagens e algumas coisas legais. E desenhava tudo o que via: flores, paisagens, gente, bichos, ruas, casas etc.

Como também gostava de teatro, trabalhei com a cenografia de muitas peças. Mas em Montevidéu nunca escrevi teatro. Escrevia para a televisão. Anúncios.

Depois vim para São Paulo. E em São Paulo continuei desenhando e escrevendo.

Fui fazer cenários para a TV Record. Depois deixei de fazer, pois a Record ficava longe e eu gosto, e sempre gostei, de trabalhar em casa.

Aqui, escrevi para o teatro e uma peça minha foi encenada. Querem saber o nome? Dragões são necessários?

E continuo escrevendo e desenhando.

Querem saber por quê?

Porque sou teimoso. E além de teimoso adoro escrever e desenhar. Assim, juntando o escrever com o desenhar, acabei fazendo livros. Vários. Sempre para crianças e jovens.

Este é um deles, espero que gostem.

Agora é que estou começando a escrever para adultos. Isso porque as crianças que leram meus livros cresceram e eu não gosto de perder leitores.

Tchau!